Edmond le dragon et l'incendie

Orianne Lallemand
Éléonore Thuillier

Illustrations : Sess

AUZOU

La philosophie de notre collection

Notre collection de premières lectures avec Loup a été idéalement pensée pour accompagner votre enfant dans son apprentissage de la lecture.

Pour donner à votre enfant le plaisir de **découvrir l'histoire par lui-même** et de **se l'approprier de façon autonome**, tout en étant guidé dans cet apprentissage qui peut s'avérer fastidieux, le texte est accompagné d'**exercices ludiques pensés par des professeurs des écoles** : exercices de **préparation** à la lecture, questions sur la **compréhension** du texte et **lexique** final qui aidera votre enfant à comprendre les termes les plus compliqués.

Apprendre à lire est une étape importante et essentielle. Comme chaque enfant est unique, nous avons pensé cette collection pour que chacun puisse suivre selon son propre rythme.

Avant de commencer la lecture, l'enfant choisit son niveau : bleu ou orange.

Niveau 1 ★

Le **niveau 1** est prévu pour un enfant qui découvre la lecture.
Le **champ lexical** et les **sons employés** sont relativement **simples**.
Les **lettres muettes** et les **accents** sont identifiés.
Les **ponts de liaisons** sont indiqués.

Niveau 2 ★★

Le **niveau 2** est prévu pour un enfant en **milieu ou fin de CP***
qui **maitrise la lecture autonome**.
Les **lettres muettes** et les **accents** sont identifiés.
Les **ponts de liaisons** sont indiqués.

Ce double niveau permet à votre enfant de tester ses capacités et lui donne envie de progresser dans son apprentissage.
Ce concept a été pensé et validé par des professeurs des écoles.

* 3e HarmoS pour la Suisse, Première primaire pour la Belgique et Première année pour le Canada.

Pour préparer la lecture

1. Complète les mots ci-dessous avec la voyelle manquante : « **o** » ou « **u** ».

Le drag ___ n

Un rh ___ me

La g ___ rge

La f ___ rêt

2. Regarde les dessins puis entoure ceux où tu entends deux syllabes.

3. Colorie les lettres de la phrase suivante :
« **Il a un rhume.** »

I G L A U N O

R F H U M P E

4. Lis les syllabes suivantes.

OIR	GOR	VRE	TRI	CEN
FEU	EN	IN	CHE	CRA

5. Lis les mots ci-dessous et note le nombre de syllabes que tu entends.

FEU ○ **AMI** ○ **YÉTI** ○ **LIT** ○

ENRHUMÉ ○ **INCENDIE** ○ **MONTAGNE** ○

6. Lis les mots de l'histoire ci-dessous.

La forêt — L'incendie — Les flammes

La cascade — Une prisonnière — Le basket

Niveau 1

Ce matin-là, les loups sont réveillés par un gros bruit.
Ils ont tous très peur.
« Du calme, dit Loup. Allons voir ce qui se passe. »
C'est Edmond le dragon* : il a un rhume* !

Niveau 2

Ce matin-là, **Grrraaa… tchoum** ! les loups sont réveillés par un bruit terrifiant*.

« Il y a un monstre dans la forêt, gémit* Joshua.

— Et si la montagne de Titi s'était effondrée* ? s'inquiète Gros-Louis.

— Du calme ! dit Loup. Allons voir ce qui se passe. »

En survolant* la forêt, Maitre Hibou découvre d'où vient le bruit.

C'est Edmond : il est enrhumé.

Niveau 1

Grrraaa... tchoum !

« Désolé, dit Edmond. Je suis malade...

— Tu as de la fièvre*, fait Louve. Tu dois rester au lit.

— On va s'occuper de toi », dit Loup.

Niveau 2

« Désolé, gémit le dragon, mais je ne peux pas m'empêcher d'éternuer*.
J'ai mal à la gorge, j'ai chaud, j'ai froid...
— Mon pauvre ami, tu as de la fièvre, compatit* Louve, tu dois rester au lit.
— Ne t'inquiète pas, nous allons bien nous occuper de toi ! » le rassure Loup.

Niveau 1

Demoiselle Yéti donne à Edmond un grand mouchoir. Gros-Louis prépare une boisson chaude pour sa gorge. « Merci les amis, vous êtes gentils ! » dit Edmond.

Demoiselle Yéti apporte au dragon
une grande paire de draps pour se moucher.
Pendant ce temps, Gros-Louis lui prépare
une infusion* de thym au miel.
« Cela va faire du bien à ta gorge et t'aider
à dormir, explique-t-il.
— Merci les amis, fait Edmond, vous êtes
bien gentils. »

Niveau 1 ★

Le lendemain, **kof kof** ! Edmond se remet à tousser.
Toute la forêt est secouée.
« On ne peut même plus jouer au basket ! » dit Alfred.

Le lendemain, **kof kof** ! Edmond se remet à tousser. Toute la forêt est secouée !
« On ne peut même plus jouer au basket » râle Alfred. Ce dragon est une vraie calamité* ! »

Niveau 1

Edmond est triste.
Il décide de partir de la forêt
pour ne plus embêter ses amis.

Edmond, lui, est désolé.

« Je vais aller faire un tour, dit-il, je reviendrai quand ma toux* sera calmée.

— Pas question, Edmond ! dit Joshua, tu n’es pas en état de bouger ! »

Mais Edmond s’est déjà envolé.

Niveau 1

En haut des arbres, le dragon tousse très fort...
et crache du feu !
C'est l'incendie* dans la forêt !

Niveau 2

En atteignant la cime* des arbres, le dragon est saisi d'une terrible quinte* de toux.
Il tousse, **kof kof** ! crache une pluie d'étincelles, **kof kof kof** ! suivie d'un jet de feu.
Un arbre prend feu, puis deux, puis trois : c'est l'incendie dans la forêt !

Niveau 1

« Au feu ! Au feu ! crient les loups.
— Tous à la cascade ! dit
Valentin. Prenez des seaux. »
Ils jettent de l'eau sur le feu.
Ouf ! le feu est vite éteint.
Soudain, ils entendent :
« Au secours ! À l'aide ! »

Niveau 2

« Au feu ! Au feu ! crient les loups, affolés.
— Tous à la cascade ! ordonne Valentin.
Prenez des bassines et des seaux. »
Les animaux font une chaine pour éteindre le feu. Ouf ! l'incendie est vite maitrisé.
C'est alors que retentit* un second cri :
« Au secours ! À l'aide ! »

Niveau 1

C'est Louve qui crie ! Sa maison est en feu et elle est à l'intérieur. « J'arrive, Louve ! » hurle Loup. Edmond est là aussi. Il porte deux seaux d'eau.

C'est Louve qui appelle ! Guidé par la voix de son amoureuse, Loup file dans la forêt.

Catastrophe ! Elle est prisonnière* de sa maison en feu !

« J'arrive, Louve ! » hurle Loup.

Edmond est là, lui aussi.

Il porte deux énormes seaux d'eau.

Niveau 1

Edmond et Loup volent jusqu'à la maison de Louve. Le dragon crache toute l'eau des seaux sur les flammes.

Niveau 2

« Grimpe sur mon dos et accroche-toi ! dit le dragon. On va sauver Louve ! »
Edmond aspire les deux seaux d'eau puis il s'envole, Loup sur son dos.
Il s'arrête près de la fenêtre de Louve et asperge* d'eau les flammes.

« Donne-moi la main, dit Loup.
Saute sur le dos d'Edmond !
— Je vais tomber ! répond Louve.
— Il faut sauter, maintenant ! »
crie Edmond.

« Donne-moi la main et saute sur le dos d'Edmond ! crie Loup.

— Je ne peux pas, répond Louve, terrifiée. Je vais tomber...

— Il faut sauter, maintenant ! » s'affole Edmond.

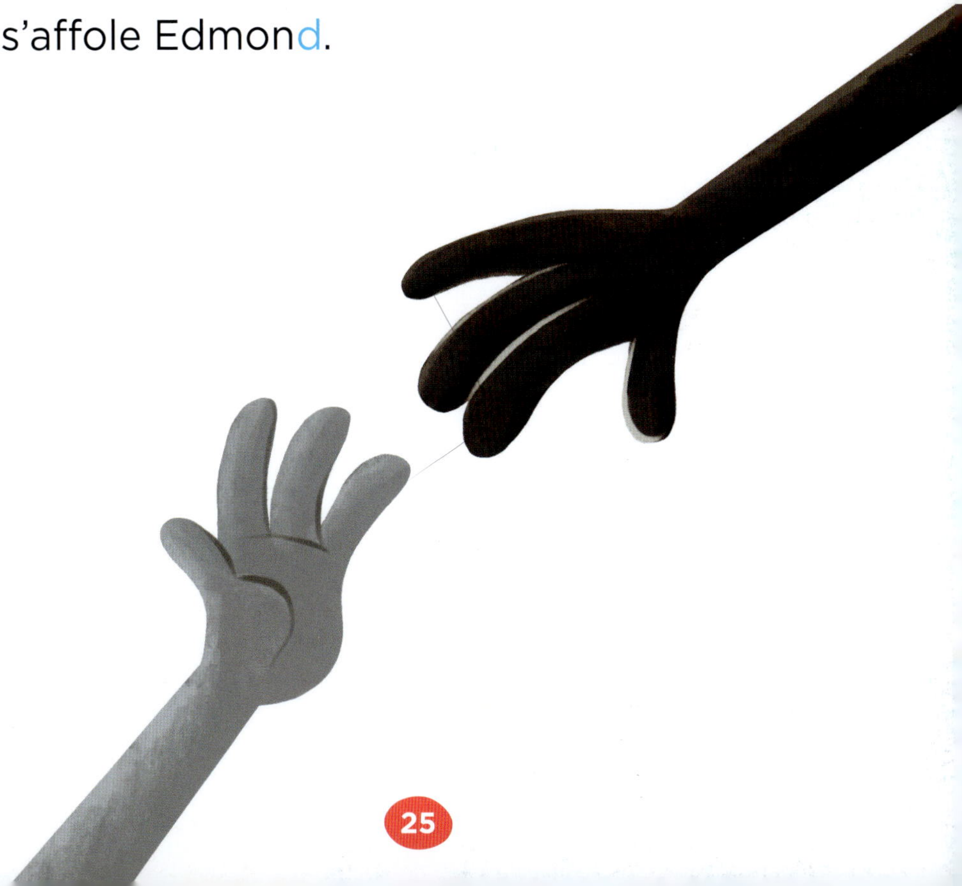

Niveau 1

Louve prend la main de Loup.
Elle grimpe sur le dos d'Edmond
et ils s'envolent juste à temps.
BRAOUM ! La maison s'effondre*
mais Louve est sauvée.

Niveau 2

Au risque de se bruler les ailes, le dragon s'approche encore : Loup attrape la main de Louve et la tire à lui. Puis tous les trois s'envolent. Au même moment, **BRAOUM** ! la maison s'effondre.

Louve est sauvée !

Niveau 1

« Loup, Edmond ! Vous êtes mes héros ! » dit Louve.
Mais Edmond est toujours triste.
Il dit : « C'est de ma faute !
J'ai brulé ta maison.
Je dois quitter la forêt...

« Loup, Edmond ! Vous êtes mes héros !
fait Louve en les serrant contre elle.
Mais Edmond est plus désolé que jamais.
« Tout ceci est ma faute, pleurniche-t-il.
Je suis un danger public. Je dois quitter
la forêt...

Niveau 1 ★

— N'importe quoi ! dit Titi. Avec Gros-Louis, on a eu une idée.
— On a mis un grand chaudron* plein d'eau près de ton lit. Si tu tousses dedans, tout ira bien !
— Merci les amis ! » dit le dragon.

— Quitter la forêt ? s'exclame Titi. N'importe quoi ! Avec Gros-Louis, on a trouvé une solution pour toi, gros bêta !

— On a installé un énorme chaudron rempli d'eau près de ton lit. Il te suffit de tousser dedans pour éviter les dégâts !

— Oh ! Merci les amis », fait le dragon, soulagé.

Niveau 1

« Mais à cause de moi, Louve n'a plus de maison...
— Ce n'est pas grave, dit Loup. On va lui construire une autre maison bien plus belle ! »

Fin

« Mais, à cause de moi, Louve n’a plus de maison...

— Ce n’est pas si grave, sourit Loup. On va lui en construire une autre, bien plus belle !

— Oh oui ! » applaudit Louve.

Ainsi va la vie dans la bande à Loup !

As-tu bien compris le texte ?

Niveau 1 ★

★ Qui a un rhume ?

★ Qui prépare la boisson chaude ?

★ Quelle maison est en feu ?

★ Que font Edmond et Loup pour sauver Louve ?

★ Que proposent Gros-Louis et Demoiselle Yéti ?

Niveau 2 ★★

- Par quoi sont réveillés les loups ?
- Avec quoi se mouche le dragon ?
- Que lui prépare Gros-Louis ?
- Comment s'appelle la maladie d'Edmond ?
- Comment commence l'incendie ?
- Qui est prisonnière de sa maison en feu ?
- Comment Loup et Edmond sauvent-ils Louve ?
- Que veut faire Edmond ?
- Quelle est l'idée de Demoiselle Yéti et Gros-Louis pour éviter un prochain incendie ?

Lexique

Niveau 1 ★

- **chaudron :** grosse casserole avec une anse.
- **dragon :** animal légendaire.
- **s'effondrer :** tomber brutalement.
- **fièvre :** forte température du corps.
- **incendie :** grand feu qui cause des dégâts importants.
- **rhume :** maladie qui fait tousser et avoir le nez qui coule.

Niveau 2

- **asperger :** mouiller quelqu'un ou quelque chose.
- **calamité :** personne qui n'apporte que des ennuis.
- **cime :** extrémité pointue des arbres.
- **compatir :** avoir de la peine pour quelqu'un.
- **éternuer :** expulser bruyamment de l'air par le nez et par la bouche.
- **gémir :** se plaindre doucement.
- **infusion :** boisson à base d'eau chaude et de plantes.
- **prisonnière :** qui ne peut pas sortir d'un lieu.
- **quinte :** bruit se succédant quand on tousse.
- **retentir :** s'entendre très loin.
- **survoler :** voler dans le ciel au-dessus d'un endroit.
- **terrifiant :** qui fait très peur.
- **toux :** bruit que l'on fait quand on tousse.

Dans la même collection

L'anniversaire de Louve

La machine à vœux de Valentin

La drôle de maladie de Demoiselle Yéti

Le secret de Joshua

Le fabuloup gâteau de Gros-Louis

Alfred et le monstre de la forêt

Retrouve toutes les aventures de LOUP

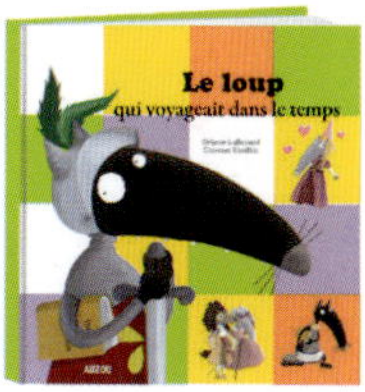

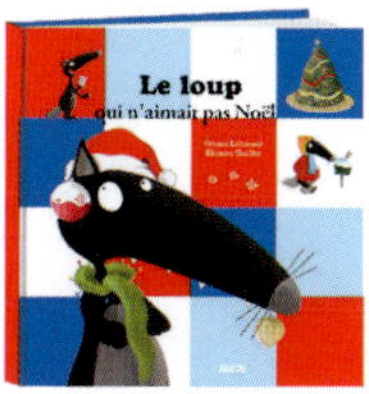

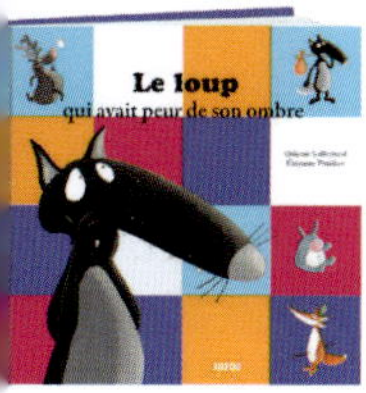

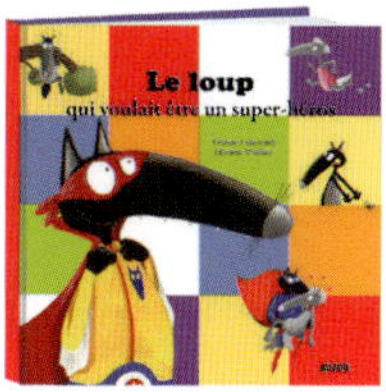

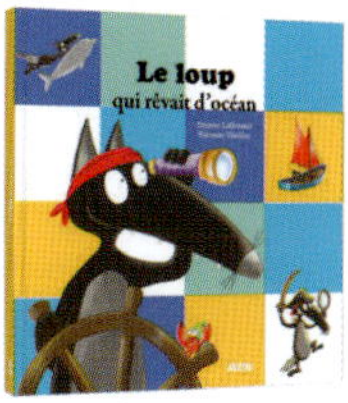

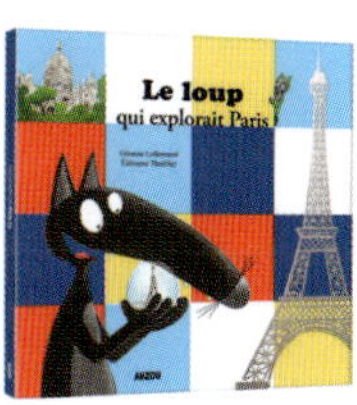

24-32, rue des Amandiers, 75020 Paris – France
Imprimé en Serbie. Printed in Serbia.

Directeur éditorial : Damien Hervé
Éditrice : Jeanne Digne-Matz
Responsable du studio graphique : Sabrina Regoui
Mise en pages : Azadeh Yousefi
Fabrication : Bastien Grandjean
Relecture : Aurélie Perrot
Correction : Nathalie Coët

Loi n° 49-956 du 16 juillet 1949 sur les publications destinées à la jeunesse,
modifiée par la loi n° 2011-525 du 17 mai 2011.
Dépôt légal : janvier 2021.
Produit conçu et fabriqué sous système de management
de la qualité certifiée AFAQ ISO 9001.